# Adivina lo que es



Lada Josefa Kratky

NATIONAL GEOGRAPHIC LEARNING | CENGAGE Learning

Usa estas dos alas.

Vive en un nido.

Pone su nido

en estas matas.

¿?¿?¿?¿?¿?¿?¿?¿?

¿Es un ave, un mono o un topo?

A

B

C

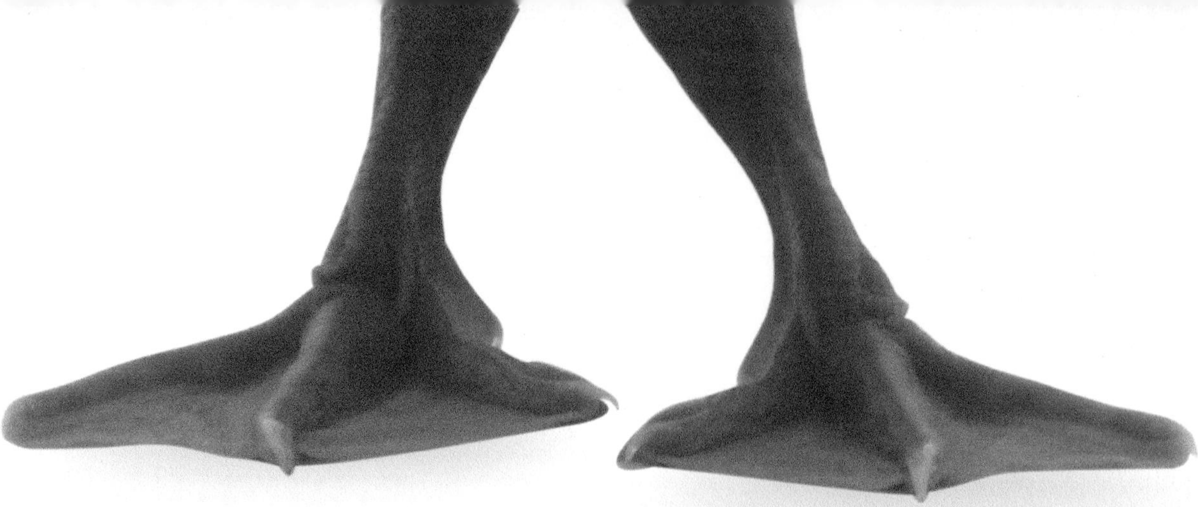

Usa estas dos patas.

Nada bien.

Pone su nido

en estas matas.

¿Es un mono, un pato o un puma?

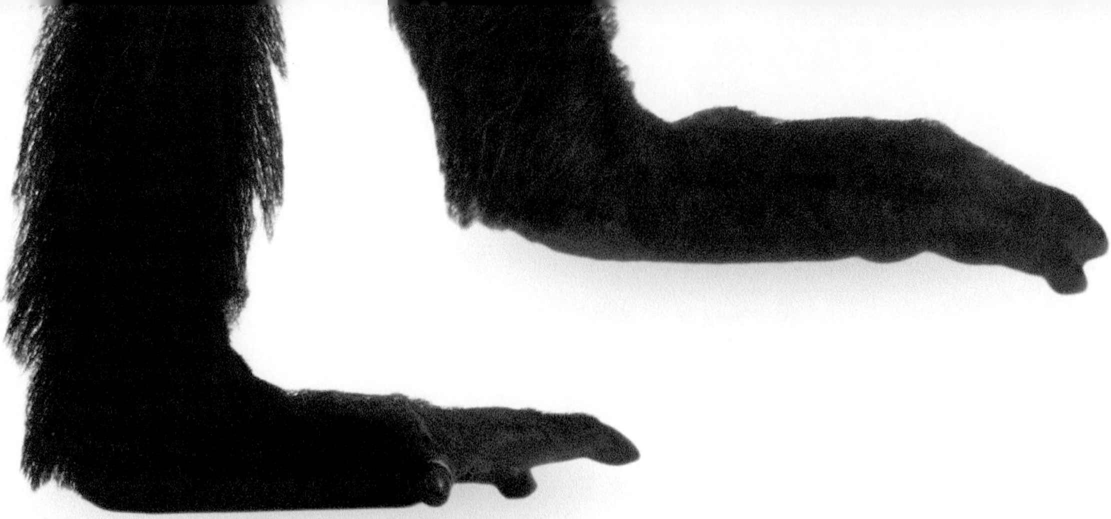

Anda en dos patas.

Vive en lo alto.

Es listo. Es vivo.

Usa estas dos manos.

¿?¿?¿?¿?¿?¿?¿?¿?

¿Es un topo, un pato o un mono?

ave

topo

mono

puma

pato